Onderdanige fantasie

Overheersing en erotische onderwerping

Erika Sanders

ERIKA SANDERS

titel
Onderdanige Fantasie
Van
Erika Sanders
serie
Overheersing en erotische onderwerping

Samenvatting

Ik haalde diep adem, blies het langzaam uit en likte mijn droge lippen.

Had hij maar een uur de touwtjes in handen gehad?

Of in ieder geval de mogelijkheid om weg te gaan?

Ik hoorde hem door de kamer lopen, de tv ging weer aan ... toen hij besefte dat hij op mij wachtte om het me gemakkelijk te maken.

Ik sloot mijn ogen, niet dat het iets uitmaakte, want ik kon toch niet door de blinddoek kijken ...

Onderdanige fantasie is een verhaal met sterk erotische BDSM-inhoud en maakt op zijn beurt deel uit van de Erotic Domination Collection, een serie romans met een hoog niveau van romantische en erotische BDSM-inhoud.

(Alle personages zijn 18 jaar of ouder)

Noot voor de auteur:

Erika Sanders is een internationaal bekende schrijfster, vertaald in meer dan twintig talen, die haar meest erotische geschriften, verre van haar gebruikelijke proza, ondertekent met haar meisjesnaam.

Inhoudsopgave:

ONDERDANIGE FANTASIE VAN ERIKA SANDERS

HOOFDSTUK I

'Nu zit je echt in de problemen.'

Ik snoof zachtjes.

Het was een heel onvrouwelijk geluid, maar op dit moment kon ik alleen maar nadenken over wat er daarna zou gebeuren.

Had hij echt tussen de regels van al onze e-mails gelezen?

Van online chats?

Van nachtelijke telefoontjes?

Misschien had het subtieler moeten zijn.

Dat zeggen alle tijdschriften, toch?

Jongens hebben me nodig om ze te vertellen wat ze moeten doen.

"Ontspan, Debbie."

Het gefluister in mijn oor deed me schrikken.

"Makkelijk om Harry te zeggen."

'Sst. Ik kom zo terug.'

Ik haalde diep adem, blies het langzaam uit en likte mijn droge lippen.

Had hij maar een uur de touwtjes in handen gehad?

Of in ieder geval de mogelijkheid om weg te gaan?

Ik hoorde hem door de kamer lopen, de tv ging weer aan ... toen hij besefte dat hij op mij wachtte om het me gemakkelijk te maken.

Ik sloot mijn ogen, niet dat het er toe deed, want ik kon toch niet door de blinddoek kijken, en ik dacht aan eerder vanavond ...

HOOFDSTUK II

Ik pakte mijn mobiele telefoon en ademde uit.

Mijn vinger zweefde over de SEND-knop, mijn ogen waren gericht op de twee woorden op het scherm: ik ben HIER.

Ik haalde diep adem en bezegelde mijn lot. Ik bad dat mijn zenuwen zouden kalmeren, dat ik me niet langer misselijk zou voelen.

Er was nu geen weg meer terug.

Het geluid van een toiletspoeling overstemde het geluid van een telefoon in de buurt.

Even later ging de deur voor me open en werden mijn zenuwen.

'Ga je daar de hele nacht staan?' Zei hij zachtjes.

De diepe stem kwam uit de verlichte deur.

Harry

Ik hoefde mijn ogen niet te sluiten om het me voor te stellen.

Zijn brede schouders staken dertig centimeter boven me uit en waren in een overhemd gewikkeld met de mouwen tot aan de ellebogen opgerold.

Zijn ogen van obsidiaan staarden met een heldere blik in de mijne.

Zijn grote handen grepen het kozijn en de deur terwijl hij door de gang naar me toe leunde.

Onze laatste en eerste ontmoeting was een week eerder bij een gangster- en cabaretdans.

Mijn eigen terrein, mijn eigen vrienden, mijn eigen comfortzone.

Het was gemakkelijk om verliefd te worden op haar charmes, de manier waarop ze me omhelsde terwijl we langzaam aan het dansen waren.

De manier waarop hij mijn vilten hoed op het parkeerterrein gooide voordat hij me zachtjes kuste en zijn vingers nauwelijks mijn wang raakten.

De manier waarop hij in mijn oor fluisterde dat mijn beslissing om gangsters aan te trekken hem opwond.

Mijn knieën knikten toen hij tegen mijn heup drukte en zijn opwinding liet zien.

Ik had al mijn kracht nodig om de komende zeven dagen uit mezelf te komen, vooral op het werk.

Onze nachtelijke gesprekken aan de telefoon en op internet hielpen niet.

Waarom was ze zo bang?

Ik gunde mezelf het moment waarop ik de hele tijd had gefantaseerd ...

"Debbie?" Hij deed de deur open en stapte met gebogen mondhoeken helemaal de gang in. "Jij bent goed?"

Ik leunde tegen de muur en hield mijn avondtas over mijn schouder.

Het is een fout.

Ik had niet moeten komen.

Wat dacht ik

Wacht, ik heb niet nagedacht.

Ik ...

Zijn vingers raakten mijn wang terwijl hij mijn kin optilde.

'Oké. Wees niet bang.'

"Wie ik?" Mijn stem klonk beverig en totaal niet zelfverzekerd, ook al glimlachte ik.

Zijn frons werd dieper.

Zorgen en teleurstelling waren te zien in zijn donkere ogen.

'Wil je dat niet doen?'

"Ja ik ben in orde."

Ik deed een stap achteruit van de muur en marcheerde naar het hol van de leeuw.

De deur sloeg achter me dicht en ik schrok toen ik om me heen keek.

Het was een standaard hotelkamer met links een jacuzzi, rechts de kledingstang in een nis en een suite met open voorkant, twee lampen en een digitale klok op kleine tafeltjes naast het eenpersoonsbed.

Een bank, een tafel, twee stoelen en een lage ladekast met een televisie eroverheen ronden het meubilair af.

Niet cool.

Maar het was geen speciale gelegenheid.

Nou, niet een waar je een luxe hotelkamer voor zou huren als een huwelijksreis.

Een laag gesnuif ontsnapte aan mijn laatste gedachte.

Nee, niets belangrijks.

Ik trok aan mijn arm en knipperde met mijn ogen.

Mijn ogen gingen omhoog om de zijne te ontmoeten, en zijn vriendelijke glimlach verlichtte de spanning een beetje.

'Laat me je tas meenemen.'

Ik liet de riem los en zag hoe hij de reistas op de ladekast onder het verlichte maar stille televisiescherm zette.

Hij drukte op een knop op de afstandsbediening en het scherm werd zwart.

Nu waren het eigenlijk alleen wij tweeën.

De kleine geluiden leken nu versterkt te worden.

Het zwakke gesis van de airconditioning.

Het gezoem van licht boven onze hoofden.

Het geluid van ijs in de machine net buiten de kamer.

Het gorgelende water in het bubbelbad in de hoek naast het bed.

Nou, misschien is dit toch niet je normale hotelkamer.

Mijn hart klopte in mijn oren.

Ik probeerde gelijkmatig te ademen en me op de hele situatie te concentreren.

In wat hij deed.

Waarom hij het deed.

Een zacht gekreun ontsnapte me toen ik aan het mogelijke eindresultaat dacht en er zat iets in mijn maag samengedrukt.

'Debbie? Ga zitten.'

Hij pakte mijn hand en leidde me naar het bed.

Mijn huid tintelde van contact.

Mijn knieën gingen automatisch uit en toen rustte ik op de richel.

Door mijn kleine gestalte was het moeilijk voor mij om rechtop te zitten en toch het tapijt aan te kunnen raken.

'Je ziet er vanavond mooi uit.'

Ik knipperde weer met mijn ogen en hield mijn hoofd naar hem toe.

Niemand had me ooit mooi genoemd, behalve mijn ouders.

Haar ogen waren gefocust op de jurk die ze vanavond had uitgekozen voor de dans, een rode zijden rok met rozenprint en een zwarte mouwloze, wijde halslijn.

Het was een van mijn favorieten, vooral omdat ik me ondanks mijn kleine lichaam mooi voelde.

Een glimlach trok mijn lippen, blij dat hij het ook leuk had gevonden.

'Het spijt me. Ik ben maar een beetje ...'

"Het is oké, ik snap het". Hij zat naast me en hield nog steeds mijn hand vast.

Een paar minuten lang was het enige geluid dat we maakten onze ademhaling, het was normaal, het mijne was gecompenseerd.

Hoe kun je zo kalm zijn?

Ik hield mijn ogen op mijn schoot en slikte hard toen ik op zijn schoot ging zitten ... ik zag daar de lichte bult.

Van tijd tot tijd kneep hij in mijn hand.

Eindelijk, toen ik me kalm voelde, sloeg ik mijn blik op zijn gezicht.

Hij keek naar me.

De mondhoeken waren nu naar boven gedraaid.

'Ik zal je kussen, oké?'

Ik hield mijn kin schuin en toen pakte zijn hand mijn kaak en trok me dichterbij.

Mijn ogen gingen dicht toen zijn warme lippen de mijne raakten.

Ze raakten elkaar eerst licht aan en gaven me toen een hardere kneep.

Ik kneep in zijn hand, zoog lucht naar binnen en kleine geschreeuw van verbazing bereikte mijn oren.

Zijn hand gleed naar de achterkant van mijn hoofd, zijn vingers begraven in mijn lokken.

Toen zijn tong mijn mond trok, kromp ik ineen.

Toen hij op zijn onderlip beet, hapte ik naar adem.

En toen zijn tong naar binnen gleed en mijn tong trilde, kreunde ik.

Harry bleef mijn mond met de zijne vasthouden totdat onze tongen dansten en van elkaar genoten en mijn gekreun frequenter werd.

Hij trok zijn hand uit de mijne en liet de clip los die mijn kastanjebruine golven vasthield.

De zachte golven rolden over mijn schouders en fluisterden tegen mijn oren en wangen voordat ik ze wegduwde zodat ik mijn hoofd steviger kon vasthouden.

Mijn hand vond zijn dijbeen en kneep, waardoor hij kreunde.

Onze lichamen kronkelden tegen elkaar aan en onze zenuwen ontspanden zich toen hij me op de deken hielp glijden.

Terwijl ik tegen het kussen leunde, zuchtte ik en vervulde verwachting de angst in mijn gespannen spieren.

Zijn vingers streelden mijn wangen, voorhoofd en nek en wervelden door mijn vlechten terwijl hij zijn mond tegen de mijne bewoog.

Het was zacht maar stevig.

Controle, maar ook geen haast.

Mijn vingers gingen omhoog om de contouren van haar nek te volgen door de lichte stoppels van haar kaak naar haar golvende haar dat haar hoofd ondersteunde.

Toen zijn vingers over de brede band van mijn topje naar mijn schouder gleden en mijn blote arm raakten, hield ik mijn adem in mijn mond.

Ze voelde zelfs de warmte van haar aanraking door haar jurk en beha heen.

Ik verlangde ernaar dat hij mijn borst zou nemen om een deel van de druk die ik voelde sinds we elkaar hadden ontmoet, te verlichten.

Het was zo dichtbij, maar het leek dit gebied opzettelijk te vermijden.

"Je smaakt zo goed." Zijn mond bedekte de mijne nog een keer voordat hij naar mijn kin, kaak en achter mijn oor ging, voordat hij zich in de ronding van mijn nek nestelde.

Zijn neus streelde me, zijn tong likte mijn vlees.

Ik haalde diep adem en liet het langzaam kreunend los.

"Je ruikt geweldig."

Ik jammerde en mijn huid tintelde terwijl hij het verwoestte.

'Stop alsjeblieft niet. Mmm.'

"Ik ben niet van plan het te doen." Zijn stem klonk gedempt terwijl hij zachtjes zoog, knabbelde en vervolgens likte met de resulterende scherpe pijn.

Ik pakte zijn armen en verankerde me aan hem.

Zijn warme lichaam drukte tegen mijn zij, waardoor vonken onder mijn huid ontstaken.

Ik wilde het mezelf aandoen, maar ik had gewoon niet de energie.

Of de moed om het initiatief te nemen.

Zijn mond landde vlinderkusjes op mijn schouder en in mijn keel.

Toen hij wegging, opende ik mijn ogen.

Zijn ogen waren gefixeerd, maar niet op mijn gezicht.

Ik vervolgde mijn weg, naar adem snakkend toen ik het object van zijn concentratie zag: de snelle pieken en dalen van mijn borsten, die tegen de randen van de halslijn van de jurk drukten.

Mijn blik keerde terug naar zijn gezicht, net op tijd om hem zijn lippen te zien likken.

"Als je wilt dat ik stop, is dit het moment ..."

"Nee nee nee". Ik kneep mijn ogen samen en een rilling ging door me heen bij de gedachte dat alles zo snel zou kunnen eindigen.

Een zacht lachje was zijn enige antwoord, en toen raakten zijn lippen mijn keel weer.

Langzaam en methodisch bedekten ze elke centimeter van de huid.

Soms schoot zijn tong eruit en liet ik me huiveren.

Ik hield verschillende keren mijn adem in terwijl hij lager ging.

Terwijl zijn lippen de zwelling in mijn borst streelden, greep ik mijn rok en mijn lichaam boog vanzelf naar hem toe.

De platte tong streelde de stijging over de zoom van mijn zwarte satijnen beha en het gevoel van natte hitte brandde me.

Hij bewoog, legde een arm op mijn buik en draaide zijn hoofd om.

Mijn neus zat in haar haar.

Het rook een beetje naar verse lotion na het wassen en ik slaakte een zucht.

Mijn focus verschoof toen ik zijn vinger langs de ronding van mijn decolleté voelde kruipen en in de ruimte tussen mijn borsten dook voordat hij onder de rand van de beha gleed.

Zijn tong volgde hem en er klonk een kreun uit mijn keel.

Mijn tepels waren zo hard dat ze pijn deden.

Als hij maar ...

Mijn lichaam verdraaide en spoorde het aan om een beetje dieper te gaan waar ik het wilde.

Waar ik het nodig had.

Terwijl ik mijn hand bewoog en letterlijk probeerde het heft in eigen handen te nemen om de pijn te verzachten, bewoog hij weer, pakte mijn arm en tilde hem boven mijn hoofd.

Hij stond hoog genoeg op om mijn linkerarm onder hem los te maken en verbond hem aan mijn rechterarm.

Hij hield beide polsen met zijn rechterhand vast, liet zijn mond naar mijn borst zakken en bleef mijn nu brandende huid aanbidden.

"Alsjeblieft ... oh alsjeblieft Harry ..." mompelde ik voorbij het gekreun dat hij uit me trok.

"Wat wil je Deb?" Zijn adem ging door de beha-barrière, waardoor het nog meer pijn deed. "Vertel me wat je wilt."

"Oh ..." Mijn gedachten waren wazig en ik schaamde me plotseling weer.

Waarom begrijp je niet gewoon wat ik van je vraag?

"Dat zou kunnen zijn?" Zijn vingers streelden het onderste deel van mijn borst door de jurk en ik kreunde. "Ja, ik denk dat je dat wilt."

Hij plaagde hem weer en tenslotte pakte zijn hand mijn borst en kneep er zachtjes in.

Zijn duim streek langs de tepel.

Zelfs door het materiaal van de beha heen, stuurde het schokgolven over mijn hele lichaam.

"Oh God!"

Mijn ogen gingen open en ik hield mijn adem in, starend naar het plafond maar zag niets en gaf me over aan het feit dat hij me eindelijk had aangeraakt waar ik hem nodig had.

Ik hapte naar adem toen hij zijn hand ophief en een vinger onder de rand van mijn beha liet glijden, die keer op keer over mijn tepel streek.

Warmte stroomde en verzamelde zich tussen mijn benen.

De wereld kalmeerde.

Zijn lippen raakten mijn oor, zijn adem prikte en deed me nog steeds huiveren.

Mijn adem stokte toen zijn hand dieper in mijn beha gleed om me volledig te raken.

Ik voelde zijn huid een beetje ruw toen hij mijn borst kneedde en mijn tepel tussen zijn duim en andere vingers rolde.

Ik draaide me naar hem toe en mijn mond zocht naar de zijne.

Hij kreunde, drukte zijn lippen op de mijne en drukte me weer op mijn rug.

Ik ging onder hem door en herhaalde zijn gekreun terwijl zijn tong mijn mond veegde en met mijn tong speelde.

Hij kneep weer in mijn borst en trok toen zijn hand terug.

Hij liet mijn linkerpols los, legde zijn hand over mijn schouder en trok zowel de band van mijn jurk als mijn beha over mijn arm.

De koude lucht streek langs mijn nu blote borst.

Mijn tepel trok pijnlijk samen.

Ik was buiten adem en beefde toen zijn vingers over mijn arm gleden en hem langzaam weer boven mijn hoofd tilden.

Toen ik voelde dat hij iets om mijn pols knoopte, schudde ik mezelf automatisch.

"Harry?"

"Ja, Debbie?" Hij kwam naar beneden, kuste mijn arm en op mijn borst en zoog mijn tepel in zijn mond.

"Oh!" Ik vergat wat ik hem moest vragen, mijn zenuwen verdwenen met deze simpele handeling en ik boog me tegen hem op.

Hij grinnikte en plaagde mijn tepel met zijn tong terwijl hij bovenop me klom en mijn andere pols losliet.

Toen hij mijn rechterborst zag, bewoog hij zijn mond naar die kant terwijl hij die hand weer op mijn hoofd legde.

Ik probeerde te slikken en zag hoe hij mijn rechterpols vastbond.

"Je bent zo sexy". Haar ogen waren helder toen ze naast me zat en naar mijn blote borst, jurk en beha net onder mijn borst keek.

Ik trok voorzichtig aan mijn polsen en slikte de spanning in.

Er was genoeg ruimte voor mijn armen om tegen de kussens te ontspannen, maar niet genoeg om me los te kunnen maken wanneer ik dat wilde.

'Ik had niet gedacht dat je het je zou herinneren.'

Wat is er met mijn stem gebeurd?

Het klonk erg hees.

"Oh, ik herinner het me. Ik herinner me alles."

Die luie glimlach, die diepe toon, die plotselinge donkere blik in zijn ogen deden mijn hart sneller kloppen.

Ik dacht aan alles wat we hadden besproken ... en ik vroeg me af of ik iets vergeten was te zeggen.

Maar ik verloor mijn concentratie toen hij onder mijn rug reikte, de sluitingen van mijn beha losmaakte en mijn jurk losmaakte.

Ik hield mijn ogen op hem gericht en zag een duidelijke fascinatie in zijn ogen toen hij aan mijn jurk schudde en steeds meer van mijn naakte lichaam onthulde.

Ze hield haar adem in toen ze mijn zwarte satijnen slipje onthulde.

Ik liep naar hem toe en hij stopte, pakte mijn heupen en streek met zijn duim over mijn bedekte huid.

Toen ik weer naakt was, streek het satijn van mijn rok langs mijn blote benen en gooide de jurk opzij.

Zijn vingers gleden over mijn kuiten, op mijn knieën, en toen weer naar beneden om mijn hielen te openen en te verwijderen.

Ik kreeg een plotselinge golf van woede.

Ik streek langzaam met het puntje van mijn tong over mijn bovenlip en bewoog mijn heupen.

'Vind je het leuk wat je ziet?'

Zijn ogen schoten omhoog naar de mijne en ik zweer dat ik er een vuurflits in zag.

Hij zei niets, maar hij liet zijn vingers onder de zoom van mijn slipje glijden en trok ze langzaam naar beneden.

Ik slikte, me realiserend dat ik me echt zorgen maakte dat hij het misschien leuk zou vinden wat hij zag.

Koude lucht stroomde over me heen en ik kon het niet helpen dat ik mijn dijen samenklemde, kreunend en kronkelend terwijl hij me aanstaarde.

Hij hief een paar keer zijn hand op alsof hij me daar wilde aanraken, maar zijn hand keerde terug naar zijn schoot.

Ik wou dat ik je gedachten kon lezen

Hij stak zijn hand in zijn achterzak, boog zich voorover en streek met zijn lippen over de mijne.

"Jij bent goed?"

Ik haalde een paar keer diep adem en glimlachte toen.

"Ja ik ben oke."

Zijn ogen ontmoetten de mijne en hij glimlachte terug.

"Leugenaar."

Zijn handen gingen over mijn gezicht.

Een zachte doek bedekte mijn ogen, blokkeerde het licht en maakte de elastische band over mijn hoofd vast.

Mijn adem stokte.

Ik kon er niet omheen.

Hij had gelijk.

Een deel van mij maakte zich zorgen dat ik te diep was gegaan.

Ik wilde dat.

Maar toen ik geen controle meer had, keerden mijn zenuwen terug en werd ik bang.

Niet echt Harry, maar wat hij zou doen ... of niet.

Het leek dit eerder te hebben gedaan.

Wat moet ik doen als ik niet aan uw verwachtingen voldoe?

HOOFDSTUK III

Dat bracht ons terug bij mij liggend in bed, volledig naakt, geblinddoekt en handen vastgebonden aan het hoofdeinde.

Harry zat of stond in een ander deel van de kamer en hoorde herhalingen van wet en orde.

Ik betwijfelde ten zeerste of hij tv aan het kijken was.

Ik kon echt zijn ogen op mij voelen.

En het was niet zo ongemakkelijk als je weet dat iemand naar je kijkt en zich afvraagt waarom en dan zenuwachtig rondkijkt om de dader te vinden.

In plaats daarvan voelde ik de hitte in me verspreiden, blij dat ik het bekijken waard was.

Een paar minuten gingen voorbij, de serie ging naar een reclamespotje en op de achtergrond hoorde ik de duidelijke klik van de hotelkamerdeur open en dicht.

"Harry?"

Er was geen antwoord.

Ik probeerde niet in paniek te raken, maar kon het niet helpen, maar ik trok mijn manchetten aan.

Ik hoorde niemand anders in de kamer, wat goed was.

Maar nog steeds...

Mijn gedachten gingen over me heen toen ik de deur weer hoorde opengaan.

Ik hield mijn adem in, hoorde het gerinkel van ijs in een glas en het sissen van een frisdrankblikje toen het openging.

Warmte van een ander lichaam streek langs mijn rechterkant en het bed zakte door het gewicht van iemand die zat.

Ik hapte naar adem toen een koude handpalm langs mijn rechter tepel streek.

"Heb je mij gemist?"

Ik slaakte een haveloze zucht en was opgelucht Harry's stem te horen.

"Vertel me iets de volgende keer dat je gaat!"

'Het spijt me. Ik wilde je niet bang maken.'

Zijn lippen raakten de mijne.

Ik rook de staart in zijn adem.

Onze tongen flirtten even en toen leunde hij achterover.

"Moeten we beginnen?"

Ik glimlachte en ontspande me tegen de kussens.

Ik hoorde dat hij zijn glas neerzette en toen begon hij onder mijn hoofd te snuffelen en de spreien en dekens naar beneden te trekken.

Mijn huid kroop en kreeg kippenvel toen zijn handen mijn lichaam raakten.

Ik hielp zoveel mogelijk in mijn positie door mijn lichaam op te tillen.

Toen ze al alleen op de koude deken lag, verschoof het gewicht van het bed weer en werd de televisie stil.

'Je kunt toch niets zien?'

Ik boog mijn hoofd naar beide kanten en ontspande me toen weer.

"Nee niets."

'Geniet er dan van. En geen woord.'

Ik knikte en bewoog mijn polsen en vingers.

Ik wist dat hij weer naar me keek en dat de warmte zich opstapelde tussen mijn benen.

Ik bewoog mijn heupen, wiebelde met mijn tenen en rolde toen mijn enkels.

Alles wat me afleidt.

Mijn lippen waren plotseling droog en ik likte ze, slikte en vond mijn mond ook droog.

Ik dwong mezelf normaal te ademen en luisterde naar aanwijzingen over wat ze zou kunnen doen.

De airconditioning ging uit en toen hoorde ik alleen maar haar ademhaling.

Maar toch had het geen invloed op mij.

Na nog een paar minuten ontspanden mijn spieren en gingen mijn benen iets open.

Zijn adem stokte en ik glimlachte.

Ik vroeg me af of hij aan het masturberen was, maar hij zou zeker een hint hebben gehoord.

Ik wilde vragen of alles in orde was toen ik het voelde.

Het was een heel lichte aanraking, precies op mijn beide tepels.

Ik kreunde toen ze hard werden.

Het gevoel ging naar beneden en volgde de ronding onder mijn borsten en opzij.

Het was beslist een veertje, de volheid die mijn huid borstelde als de zachtste vingertoppen.

Het bewoog over mijn buik, vormde de contouren van mijn ribben en cirkelde rond mijn navel.

Mijn heupen trilden toen de punt mijn lies raakte, waar mijn been bij mijn lichaam kwam.

Ik huiverde en kirde.

Hij herhaalde de beweging, bewoog zich over mijn heup en langzaam weer terug, langs de lijn van mijn bekken.

Ik kronkelde terwijl hij het platte deel van de veer langs mijn linkerdij liet glijden.

Het kippenvel steeg weer en ik spreidde mijn benen verder en gebruikte mijn voeten om kracht te krijgen tegen het bed en mezelf omhoog te duwen.

Harry giechelde.

"Geduld, Deb."

Maar hij schoof de veer aan de binnenkant van mijn dij onder mijn knie en kuit.

Ik lachte toen hij mijn voet kietelde.

Het was veranderd om aan mijn rechterkant te werken.

Ik voelde de warmte van zijn lichaam over mijn benen buigen.

De pen tekende hetzelfde patroon op het andere been, maar dan terug.

Van mijn voet tot mijn kuit, onder mijn knie en over mijn dij, door mijn bekken en ribben.

Ik kromde mijn rug en kreunde zachtjes toen mijn tepels de opgerolde mouw van zijn overhemd raakten.

"Hé, bedrieg niet!"

Ik glimlachte en likte mijn lippen, maar gedroeg me en leunde achterover.

Hij trok zich terug en ik voelde hem over mijn hoofd bewegen.

De ganzenveer liep langs de onderkant van mijn rechterarm tot aan mijn pols en streek langs mijn vingers.

Hij tekende cirkels op mijn open handpalm voordat hij zich een weg naar beneden langs mijn arm werkte.

De punt ging over mijn schouder, mijn sleutelbeen en mijn nek.

Ik leunde mijn hoofd naar links tegen het kussen en zuchtte terwijl hij schetsen in mijn nek tekende en mijn oor plaagde.

Toen hij de pen onder mijn kin schoof, hield ik mijn hoofd schuin naar de andere kant en zuchtte opnieuw terwijl ik dezelfde bewegingen over mijn nek, over mijn schouder en in mijn linkerarm en hand herhaalde.

Ik bewoog mijn vingers, de pen schoof heen en weer tussen hen in.

Hij stond op en liet mijn lichaam smeken.

Mijn vingers balden zich samen en weergalmden met vernauwingen diep van binnen.

Ik likte weer mijn lippen en voelde mijn hart bonzen.

Gelukkig was het niet lang voorbij.

Een nieuwe sensatie, ik waardeer een zijden sjaal die tegelijkertijd tegen mijn vingertoppen en beide armen werd gewreven.

Het bedekte mijn gezicht en gleed langzaam over mijn neus en mond om mijn nek te bedekken.

Toen het mijn borsten bereikte, stond ik op en kreunde.

Hij wreef het heen en weer over mijn pijnlijke tepels.

Toen streelde het weefsel mijn buik en heupen en streek kort langs mijn bekken op weg naar mijn dijen en voeten.

Hij herhaalde het proces in omgekeerde volgorde en zorgde ervoor dat hij stopte waar hij kreunde van plezier.

En toen was de zakdoek zo snel weg als hij leek.

Ik hoorde Harry door een plastic zak snuffelen en toen lag hij weer naast me op bed.

Er was een klik die klonk als een plastic dop.

Ik hapte naar adem toen er iets kouds mijn linkerborst bedekte.

Zijn tong likte mijn tepel voordat hij hem in zijn mond zoog.

"Ohh!" Ik boog me tegen hem aan en hij gehoorzaamde door zijn tong over mijn borst te trekken, zijn hand vast te pakken en te knijpen.

Toen hij mijn linkerborst leek te likken, ging hij op mijn rechterzij liggen en herhaalde het proces.

Ik voelde de hitte in me pulseren en smeekte om aangeraakt te worden en ik jammerde.

'Ik ken Deb. Ik weet het.' Hij kneep in mijn rechterborst en stak zijn hand uit om me te kussen, terwijl hij zijn tong in mijn mond dompelde. "Mmm."

Ik probeerde chocolade en kreunde ermee.

Hij kuste mijn kin en nek en streelde mijn schouder.

Een straal koude chocola viel op mijn lippen en ik likte hongerig.

Zijn vinger drukte tussen mijn lippen en ik zoog hem diep in mijn mond en veegde er ook chocolade van af.

Toen kroop de koude langs mijn kin en nek.

Het ging door de opening tussen mijn borsten en om mijn navel heen.

Zijn tong en lippen volgden langzaam, waardoor ik rilde van opwinding.

De matrassen kraakten toen hij wegliep, en toen hoorde ik water in de badkamer stromen.

Hij kwam een minuut later terug en streek langzaam een warm washandje over mijn nek, borsten en buik.

De temperatuurverandering deed me naar adem happen en mijn lichaam rimpelde.

Hij was weer aan mijn linkerkant, zijn hand strekte zich uit over mijn buik.

Hij masseerde me even, zijn mond bedekte mijn linker tepel, knabbelde en zoog zachtjes.

Ik probeerde mijn vingers door zijn haar te strijken, maar mijn handen konden hem niet bereiken, wat me eraan herinnerde dat ik terughoudend was.

In plaats daarvan greep ik de lucht vast en probeerde mijn zij tegen hem aan te drukken.

Zijn hand gleed omhoog en vormde een kom op mijn borst.

Ik huilde voordat de plotselinge beet van een ijsblokje over mijn tepel wreef.

Ik trok me terug, maar ik kon nergens heen.

Koud water droop langs mijn borst en ijs stroomde langzaam om mijn tepel.

Het deed pijn, maar de plotselinge pijn werd gevoelloos en ik voelde de warmte weer tussen mijn benen stijgen.

Ik jammerde, probeerde me nu terug te trekken en balde mijn vuisten.

"Sst. Sst."

Zijn vrije hand drukte weer tegen mijn buik en drukte me tegen het bed terwijl hij aan mijn verdoofde tepel zoog en aan het water likte.

Hij trok zich terug en een warme handdoek bedekte mijn trillende borst.

Ik had er klaar voor moeten zijn om naar mijn rechterborst te bewegen, maar het ijsblokje erop verraste me nog steeds.

Ik schreeuwde en kreunde weer en trok me terug, ondanks zijn pogingen om me te kalmeren.

De scherpe pijn kwam terug, kneep in mijn tepel en verdoofde de huid eromheen.

Terwijl het ijs smolt, likte en nam zijn mond het water op, en toen verwarmde de handdoek mijn borst.

Mijn hoofd was nu wazig.

Ze kon niet geloven hoe opgewonden ze was, vooral sinds de ijsbehandeling.

Ik voelde me een beetje schuldig omdat ik van de korte pijn genoot.

Het resulterende plezier was ongelooflijk.

Ik was blij dat Harry mijn polsen had vastgebonden.

Ze was er zeker van dat ze had geprobeerd hem tegen te houden als ze de kans had gehad.

Hoe lang zijn we er eigenlijk al mee bezig?

Mijn gedachten keerden terug naar het heden terwijl het ijs tussen mijn borsten gleed.

Ik schreeuwde en boog me voorover.

Harry pakte mijn zij in zijn handen en drukte me tegen hem aan terwijl hij het ijs op en neer trok met zijn mond in het midden van mijn lichaam en mijn borsten zijn wangen raakten.

Ik voelde de plas water in mijn navel over mijn heupen stromen.

Ik dacht niet dat mijn lichaam kon stoppen met trillen.

Toen het ijs verdween, verving zijn tong het en likte mijn huid, die nu siste onder de koude laag ijs en water.

Zijn handen raakten mijn borsten aan en kneep samen terwijl hij de halslijn in het midden streelde.

Het duurde even voordat ik besefte dat hij tussen mijn benen zat.

Ik hief onmiddellijk mijn knieën op tot aan zijn heupen.

Hij voelde zich zo tegen me aan geklemd, waar hij het meest aangeraakt moest worden.

Ik zuchtte bij de hitte van zijn harde bobbel die door zijn broek heen te zien was.

Zijn diepe lach trilde door mijn borst.

'Oké. Ik heb het idee.'

Hij liet me los en kroop over mijn benen.

Ik klaagde over de plotselinge afwezigheid, maar zijn hand op mijn heup kalmeerde mijn verwrongen lichaam.

Zijn vingers baanden zich een weg tussen mijn krullen en mijn hete huid.

Ik zuchtte.

Mijn benen gingen weer uit elkaar.

Een van zijn vingers drukte tegen mijn gladde spleetje en raakte even mijn clitoris aan.

Ik kirde en spreidde mijn benen wijder.

Hij streek langzaam met de palm van zijn hand over mijn buitenste lippen.

Af en toe maakte hij zijn vinger nat, trok hem van begin tot eind en liet me naar adem happen.

Zijn hand stopte en vormde een kom op mijn heuvel. Twee vingers drukten en spanden gezwollen lippen.

Ik hield mijn adem in terwijl zijn duim om mijn clitoris cirkelde.

En toen gleed een vinger naar beneden.

Hij speelde ermee, volgde de rand van mijn gretige gat voordat hij de wanden van mijn binnenste lippen ging borstelen.

Mijn heupen trilden en probeerden het in me te drukken.

Zijn vrije hand drukte mijn heupen op het bed en daarna streelde hij mijn poesje volledig.

De hiel van de hand rustte op mijn bekkenbeen terwijl zijn eerste drie vingers door de vallei glijden en lekker tegen mijn clitoris kruipen.

En opnieuw.

Het was een voortreffelijk gevoel dat hem er eindelijk toe bracht me aan te raken en een deel van de druk die ik voelde te verminderen.

Mijn handen balden zich vast, mijn lichaam kronkelde en probeerde zichzelf te bevrijden.

Ik kreunde en gooide mijn hoofd achterover op het kussen terwijl hij twee dikke vingers in me drukte en toen mijn tepel tussen mijn tanden zoog.

Zijn hand versnelde en kneep hard en diep.

De spanning in mijn buik nam toe en ik trok schreeuwend mijn dijen om zijn hand.

Zijn hand stopte, maar zijn vingers bleven bewegen, nog steeds begraven tussen mijn benen.

Hij zoog op mijn borst terwijl ik naar mijn eerste climax reed.

Toen ik op adem kwam na het afspuiten, trok hij zich terug.

Ik hoorde hem de tas opnieuw doorzoeken en toen ging hij tussen mijn benen liggen en mijn dijen spreiden.

Mijn adem stokte weer toen ik iets romigs en kouds over mijn poesje voelde stromen.

Ik kromp ineen en zoog op mijn onderlip, niet in staat te voorkomen dat mijn heupen in hem uitpuilden.

Zijn vingers raakten de binnenkant van mijn dijen, en toen kneep hij in een vinger en duwde die op en neer in mijn kutje.

Ik slikte en haalde diep adem, zodat hij zijn vinger in mijn mond kon steken.

Mijn lippen sloten zich om zijn vinger.

Ik kreunde bij de smaak van slagroom met een vleugje van mijn eigen sekssappen.

Terwijl hij aan haar vinger zoog, streelde hij die in en uit, alsof hij deed wat hij eerder had gedaan.

Het was niet moeilijk te onthouden dat hij dit met meer dan alleen zijn vingers deed.

Ik dacht alleen maar aan het feit dat hij mijn kutje bedekte met slagroom en hoogstwaarschijnlijk raadde waarom ik naar adem snakte van mijn recente ervaring met chocolade.

Hij had vaker met me gespeeld dan ik kon tellen.

En ook al had ik vanavond veel nieuwe ervaringen, ik had nooit gedacht dat een jongen me daar zou likken.

Ik voelde hem op het bed zitten en me niet aanraken.

Hij gromde lang en zacht.

Het was het meest sexy geluid dat ik ooit had gehoord, en ik moest het herhalen.

De onderste laag slagroom begon te smelten en rond mijn clitoris te druppelen.

Ik bewoog en kreunde zachtjes terwijl hij nog meer slagroom tussen mijn lippen duwde.

Ik had daar eerder scheerschuim aangebracht toen ik probeerde mijn poesje te scheren, en het gevoel was nu net zo erotisch, mijn gevoelige huid kneep en streelde.

'We worden een beetje strijdlustig, nietwaar?'

Ik maakte een onbegrijpelijk geluid van ongeduld en hij lachte.

Ik hield net zoveel van zijn lach als van zijn sexy gegrom.

Ik probeerde te slikken en genoot van wat hij me mentaal en fysiek had aangedaan, ondanks mijn af en toe optredende frustraties.

Harry streek met zijn vingers over mijn linkerborst, langs de zware bocht eronder, over de zachte branding erboven, die de tepelhof omlijnde.

Hij vormde een kom en masseerde mijn borst.

Zijn duim en wijsvinger drukten op mijn tepel.

Ik beet op mijn lip om niet te schreeuwen.

Hij wreef zachtjes over de harde bult heen en weer, drukte zijn handpalm ertegenaan en verzachtte de scherpe pijn.

Zijn hand gleed over de middelste halslijn en streek langs mijn rechterborst.

Zijn vingers raakten me weer, mijn huid opwindend en nieuw vuur tussen mijn benen.

Toen hij in mijn tepel kneep, rolde ik me naar hem toe en wilde dat hij mijn mond er weer op zou zetten.

"Erg gevoelig."

Zijn adem streek langs mijn wang, zijn tong liep langs mijn kaak en toen vervulde hij mijn wens.

Zijn lippen sloten zich rond mijn tepel en zoog de scherpe pijn die ik had veroorzaakt zachtjes op.

Ik wiegde heen en weer en kreunde.

Ik voelde de slagroom nu aan mijn dijen plakken en vroeg me af of ik het vergeten was.

Ik wilde niet dat hij stopte met het likken van mijn borst, maar opeens wilde ik hem naar beneden.

Ik wilde weten hoe het voelde toen zijn tong me daar plaagde, net zoals hij mijn tepel plaagde.

Hoe het zou voelen als het puntje van zijn tong in me drukte en zijn tanden op mijn gladde huid bijten.

Hij streek weer met zijn platte tong over mijn tepel en gleed toen over mijn lichaam, kuste en knabbelde en likte onderweg elke centimeter van mijn huid.

Het duurde niet lang voordat het tussen mijn benen zat.

Hij kuste mijn heupen en streek toen met zijn tong over het gewricht tussen mijn benen en mijn bekken.

Hij voegde nog een laag slagroom toe, sloeg zijn armen onder mijn dijen en ging uit elkaar.

Ik kreunde, mijn lichaam schokte een beetje.

Ik voelde zijn hete adem tegen mijn zachte krullen.

Ik huilde toen zijn tong naar buiten kwam en mijn clitoris raakte.

Ik spreidde mijn benen verder en hij tilde mijn blote poesje dichter bij zijn mond.

Zijn tong likte me weer en ik kreunde van opluchting.

Zijn vingers masseerden mijn dijen terwijl hij mijn poesje dieper likte.

Ik hoorde het zachte geluid van haar tong die het mengsel van mijn vocht en de smeerroom bedekte.

Zijn tong was overal zonder enige spleten te missen.

Het was een langzaam en moeizaam proces, en ik bad dat het niet snel zou stoppen.

Ik liet mezelf gaan, mijn heupen trilden onder zijn mond.

Terwijl hij aan mijn klit zoog, schreeuwde ik opnieuw.

Toen hij het puntje van zijn tong tegen me drukte, kreunde ik.

Ik kon geen genoeg van hem krijgen.

En ik wilde hem meer dan ooit aanraken.

Ik vervloekte mijn banden ... en ze verhoogden tegelijkertijd nog steeds het opwindingsniveau.

Ik heb nog nooit zoveel gevoelens tegelijk in mij gehad.

Ik kwam een tweede keer toen zijn vinger weer in me gleed.

Hij streelde me door mijn orgasme heen, zijn mond klampt zich nog steeds vast aan mijn clitoris, zijn hete adem vermengd met mijn eigen warmte en nattigheid.

Ik kwam net van mijn hoogtepunt toen ik het ijsblokje voelde en schreeuwde.

Ik had het naar binnen geduwd en koud water liep tussen mijn billen.

Zijn vingers kneepten samen, hielden het ijs op zijn plaats en mijn hitte smolt het.

Ik voelde mijn spieren rond zijn vingers strakker worden en hij streelde ze langzaam in en uit, op hetzelfde moment als mijn geschreeuw.

Er werd weer een ijsblokje toegevoegd, dit keer tegen mijn clitoris.

Ik viel weer in een orgasme, mijn hoofd rolde heen en weer tussen mijn opgeheven armen, voelde het ijs en zijn vingers strelen me.

Zijn mond likte weer aan mijn poesje terwijl ik onder hem kronkelde.

Op de een of andere manier slaagden mijn vingers erin het kussen te pakken.

Ik denk dat ik een paar vloeken heb uitgeschreeuwd omdat Harry giechelde en iets over mij zei, zoals "Je bent een stoute meid", het geluid trilde tegen mijn huid.

Ten slotte bood hij me wat verlichting, liep weg en liet mijn benen op het bed zakken.

Ik hapte naar adem met kleine ogen.

Mijn lichaam stond in brand, alsof niets dat ik eerder had gedaan helemaal tevreden was, en toch voelde ik me uitgeput.

Zijn mond bedekte de mijne.

Ik vond de kracht om hem terug te kussen, mijn eigen zoete muskus op zijn lippen te proeven en te ruiken.

HOOFDSTUK IV

Ik moet in slaap zijn gevallen, want de volgende gedachte was me af te vragen waarom ik met mijn gezicht naar beneden op mijn buik lag.

Mijn polsen waren nog steeds vastgebonden aan het hoofdeinde van het bed boven mijn hoofd.

Ik was nog steeds geblinddoekt en nog steeds naakt, maar ik draaide me om.

Ik zuchtte en voelde mijn borsten tegen het warme laken drukken. Mijn gezicht was genesteld in een kussen dat tussen mijn hoofd en mijn armen lag.

Hij kon nu bij de houten latten op het hoofdeinde komen.

Ik pakte het lichtjes vast en rook mijn zweet en parfum op het kussen.

Ik stond op het punt Harry te bellen toen ik warme vloeistof op mijn schouderbladen voelde en toen het gevoel van handen die de vloeistof over mijn huid verspreidden.

Het rook naar lavendel.

'Welkom terug Deb. Je hebt een dutje gedaan.' Hij boog zich voorover en kuste mijn wang. 'Ik heb misbruik gemaakt van de situatie en je geherpositioneerd. Gaat het goed met je? Doen je armen pijn?'

Ik glimlachte en mompelde:

"Ik voel me niet goed".

"Goed."

Hij kuste me opnieuw en begon toen mijn rug en schouders te masseren.

Zijn vingers gleden over de huid van de olie.

Zijn handen kneep en trokken zachtjes aan mijn spieren, diep in mij kreunend en zuchtend.

Ik had verschillende massages gehad, maar geen enkele was zo sensueel geweest.

Het zette me meer aan dan het feitelijk de opgebouwde spanning verlichtte.

Zijn vingers gingen naar de basis van mijn hoofd en masseerden mijn hoofdhuid en achter mijn oren.

Ik haalde langzaam adem en herinnerde me waar die vingers me nog meer hadden gemasseerd.

Toen hij klaar was met mijn nek, bracht hij zijn armen naar mijn handen.

Onze vingers kruisten elkaar en waren besmeurd met olie.

Hij kneep in mijn handen en kwam terug naar mijn rug en zijkanten.

Ik huiverde toen zijn vingers mijn borsten raakten en de olie rond mijn borst wreef waar zijn vingers konden komen.

Ik kreunde nu, voelde het gewicht van zijn lichaam tussen mijn benen en drukte tegen mijn kont.

Ik kromp ineen toen ik voelde dat zijn bobbel hard werd, maar hij deed een stap achteruit en werkte nu aan mijn benen.

Ik jammerde en begroef mijn gezicht in het kussen om het geluid te dempen.

Hij maakte mijn voeten af en gleed langzaam zijn handen over mijn billen, langs mijn billen en drukte langs mijn middel, heupen en zijkanten.

Zijn vingers raakten weer de zijkanten van mijn borsten en toen ging hij bovenop me liggen, zijn mond tegen mijn nek.

Hij streek mijn haar opzij en knabbelde aan mijn rechteroorlel, waardoor ik kreunde.

Ik zuchtte en bewoog mijn kont tegen hem aan, terwijl ik zijn hardheid op zijn beurt voelde kloppen.

Ze wilde niet smeken en had afgesproken om niets te zeggen, maar ondanks de massage had ze het warm en voelde ze zich ongemakkelijk.

Hij had meer nodig.

"Harry?" Ik jammerde en boog me weer overeind.

"Ja, Debbie?"

Het klonk leuk.

Alsof ik erop wachtte.

Hij drukte zich tegen me aan.

Gromde ik.

"Graag gedaan?"

Hij likte mijn nek.

"Alsjeblieft dit?"

"Graag gedaan..."

"Hmm?" Hij stond op, ik hoorde het ritselen van zijn kleren en ging toen naast me zitten, zijn blote dij tegen mijn schouder.

Zijn hand streelde mijn onderrug en streelde mijn kont.

"Wat wil je Deb?"

Ik kon even niet ademen omdat ik wist dat zijn pik er was.

Ik jammerde en beet op mijn lip.

"Even kijken."

Hij verwijderde de blinddoek en ik moest verschillende keren knipperen om aan het licht te wennen.

Ik zag zijn blote schouder en een tatoeage van prikkeldraad rond zijn linker biceps.

Mijn ogen bewogen naar beneden en ik voelde iets diep in me verdraaien van behoefte toen ik zijn pik zag, hard en dik op haar dij.

Hij wees recht naar me, zijn hoofd felrood.

Ik hield mijn adem in, draaide mijn gezicht naar het kussen en pakte de latten van het hoofdeinde weer op.

"Dat is het?" Zijn hand bewoog lager en streelde de binnenkant van mijn dij.

Kronkelde ik kreunend.

"Niet."

'Wat wil je nog meer, Deb?' Zijn stem was zachter en hees.

Ik dwong mezelf te slikken en sloot mijn ogen.

'Jij. Ik wil je. Alsjeblieft.'

"Om te?" Zijn vingers gleden door mijn nattigheid en wreven tegen mijn clitoris.

Ik hapte naar adem en mijn ogen gingen open.

Op de een of andere manier vond ik mijn stem weer.

"Ik wil meer."

Hij aaide me langzaam.

Zijn vingers groeven in me.

"Om te?"

"Ik wil meer."

Ik probeerde mijn knieën onder me te krijgen, mijn benen wijder te spreiden, en voelde hem dieper.

"Hoe zou het zijn met?" Zijn stem was een warm gefluister in mijn oor.

Ik jammerde toen ik voelde dat hij zijn pik tegen me aan drukte en hem heen en weer streelde tussen mijn buitenste lippen.

"Oh alsjeblieft ja!"

'Wat moet ik nu doen, Deb?'

Mijn tong verstijfde.

Ik dacht net aan vieze dingen in mijn hoofd.

Ik had nooit gedacht dat ik zulke woorden hardop zou zeggen.

Tot nu.

Maar hij kon het niet zeggen.

Ik kon gewoon niet ...

Hij leunde over mijn rug, zijn pik rustte tussen mijn billen en fluisterde in mijn oor:

'Wil je dat ik je neuk, Debbie? Wil je dat ik het echt rustig aan doe?'

Ik verslikte me en knikte toen zo boos dat mijn nek pijn deed van de inspanning.

Hij giechelde, ging weer zitten en greep mijn linkerheup met zijn sterke hand.

Ik voelde hoe hij zijn pik bewoog totdat hij tussen mijn buitenste lippen rustte.

De druk nam toe.

Mijn hele lichaam spande zich.

Ze had vaak met speelgoed gespeeld, dus ze was gewend aan de grootte van zijn staart.

Maar ik stelde me gewoon voor hoe het zou zijn om het echt van binnen te voelen.

Ook al was ik opgewonden en geëxpandeerd, ik maakte me nog steeds zorgen over de pijn.

Hij duwde mijn knieën tegen de zijne en ze gleden verder in de lakens.

Hij drukte opnieuw en deze keer ging hij naar binnen.

Ik verslikte me weer, begroef mijn gezicht in het kussen en deed alsof ik zijn vingers was in plaats van zijn lul, zodat ik me kon ontspannen.

En zoals beloofd, stapte hij langzaam, centimeter voor centimeter, mijn hete, natte poesje binnen.

Ik kon het gevoel niet geloven.

Er was geen pijn.

In plaats daarvan was er een sterke, beukende hitte.

En plezier.

Oh wat een genoegen!

Ik dacht dat het nooit zou stoppen en toen deed het dat en we stonden allebei heel stil.

"Gaat het goed, Deb?"

Een hand hield nog steeds mijn heup vast

De ander streelde mijn rug.

Ik zou "ja" kunnen zeggen.

Hij kon zich alleen onze erotische scène voorstellen: ik op handen en voeten, mijn polsen vastgebonden aan het bed, mijn kont naar hem toe geheven.

Hij knielde achter me, zijn pik diep in me begraven, zijn handen op mijn heupen.

De beving ging door me heen.

Ik had nooit gedacht dat ik onderdanig zou zijn ... tot vanavond.

Hij begon zich terug te trekken.

Hij liep langzaam, een beetje naar buiten, weer naar binnen; Hij ging helemaal terug totdat hij uitgleed en alleen het hoofd van zijn lid achterliet.

Het was een geweldige ervaring en ik kon maar een beetje naar adem happen terwijl ze bewoog.

Zijn twee handen grepen nu mijn heupen en hij neukte me langzaam in en uit, terwijl hij mijn lichaam heen en weer tegen hem wiegde.

Het raakte in een ritme en ik bewoog op dezelfde manier uit eigen vrije wil.

Toen hij helemaal naar beneden duwde, stopte voor een extra diepe stoot en zijn ballen tegen mijn kont drukte, kreunde ik harder.

Ik verloor de tijd uit het oog en genoot gewoon van de sensaties:

Zijn handen op mijn lichaam.

Zijn pik in mij.

Het doffe geluid van hem gleed in mijn kutje.

Mijn hart klopte in mijn hoofd.

Onze zware ademhaling.

Ik weet niet of hij iets zei, maar ik was zo gefocust op de druk in mij dat ik niet denk dat ik hem zou hebben gehoord als hij dat wel deed.

Hij had zijn snelheid niet altijd verhoogd.

Dus de hele ervaring werd geïntensiveerd, de vreugde werd gewonnen.

Hij bewoog een beetje, mogelijk om de druk op zijn knieën te verlichten.

Het maakte niet uit waarom hij het deed, maar hij ging ook naar binnen en ik schreeuwde toen ik me realiseerde dat hij mijn g-spot had geraakt.

Hij zweeg even tijdens zijn terugtocht.

'Debbie? Heb ik je pijn gedaan? Gaat het?'

"Daar!" Ik kon alleen maar zeggen dat mijn adem stokte in mijn keel en hem aanspoorde om in stilte verder te gaan.

Ik pakte de latten bij het hoofdeinde en probeerde tegen hem aan te duwen, maar zijn handen hielden me tegen.

Hij duwde naar voren en ik schreeuwde toen hij hem weer sloeg.

"Daar!"

'Ah. Begrepen, Deb. Begrepen.'

En dat deed hij.

Keer op keer glipte hij diep in deze perfecte plek.

De rand kwam steeds dichterbij.

En toen draaide ik me om en schreeuwde de hele weg.

Ik liet me weer tegen het bed zakken, maar hij bleef maar strelen en bemoedigende woorden fluisteren.

Hij begreep nauwelijks wat hij zei, maar zijn diepe stem klonk rustgevend.

Ik voelde dat zijn handen me steviger kneep.

Zijn heupen bonsden in mijn kont, een hete stroom drong diep door me heen, ik huilde met hem mee en toen zwegen we.

Verrassend genoeg streelde hij me weer zo langzaam als voorheen en kreeg ik weer een orgasme.

Toen ik onder hem huiverde, reikte Harry naar voren en maakte mijn polsen los.

Ik viel zijwaarts.

Hij trok me terug naar zijn borst, nog steeds in me.

Tranen welden in mijn ogen toen een van zijn handen mijn borst bedekte en me streelde.

Zijn andere hand viel op mijn heuvel, zijn vingers gleden tussen mijn dijen om over mijn clitoris te wrijven.

En ik kwam voor de vijfde keer.

Op een gegeven moment trok ik zijn handen weg.

Ik voelde zijn pik uit me glijden en tegen mijn been leunen.

Hij spreidde kusjes op mijn schouderblad en hield me in de lepelpositie tegen hem aan.

Toen ik terugkwam in de realiteit en op adem kwam, draaide ik me om en keek hem aan.

Zijn armen sloegen om me heen en trokken me dichterbij.

'We hebben de hot tub niet gebruikt,' mompelde ik tegen zijn schouder.

"Wat, niet genoeg plezier voor één nacht?" Hij grinnikte en drukte zijn lippen tegen mijn voorhoofd en streek mijn haar achter mijn oor. 'De check-out is morgen pas om 12.00 uur. We hebben dus tijd genoeg.'

Ik leunde met mijn hoofd achterover zodat ik in zijn donkere ogen kon kijken.

Ze zagen er zwaar en slaperig uit als de mijne.

Ik slaagde erin mijn geeuw met een glimlach te verbergen.

"Goed, want ik heb geen wraak en ik ben een slet."

EINDE

49

DOMINEERT SUSAN.
DE NIEUWE BAAN
(EROTISCHE DOMINATIE)
ERIKA SANDERS

VOORWOORD

Robert is een volwassen succesvolle zakenman, getrouwd en heeft een zoon van dezelfde leeftijd als Susan.

Hun families zijn al jaren goede vrienden en hij had haar zien uitgroeien tot een lieftallige jonge vrouw.

Hij had altijd een open vriendschap met het meisje getoond en had haar door de jaren heen bewust gemaakt van zijn voorliefde voor haar.

Stiekem verborg zijn vriendschappelijke relatie en zijn genegenheid voor het meisje zijn vele duistere verlangens, zonder enige kans om ze te laten uitkomen.

Haar totale onderwerping aan hem was de enige droom, in haar donkerste gedachten, en een droom waarvan ze wenste dat die uit zou komen.

Susan is een meisje, net afgestudeerd, met een bedrijfsdiploma en gretig om de wereld te ervaren.

Hij staat op het punt aan zijn eerste echte baan te beginnen, een baan aangeboden door Robert, een familievriend, uit respect voor zijn vader en erkenning van zijn capaciteiten.

Maar ook, buiten het medeweten van haar, gevoed door zijn verlangen om haar te bezitten.

Ze is een aardige, sensuele maar lieve meid die sinds haar eerste jaar op de universiteit hetzelfde vriendje heeft, Peter.

Het zijn avonturiers, maar ze verstoren hun wereld nooit.

Ze weet wat ze wil, of denkt dat ze het weet, maar ze is echt heel gehoorzaam als ze zich door anderen laat leiden op de paden van haar leven.

DE NIEUWE BAAN

Hij staat voor het gebouw, zijn ogen staren naar de glazen en stalen gevel.

Bekijk alle goed verzorgde en gehaaste mannen en vrouwen de ingang in en uit gaan.

Ze kijkt naar haar eigen korte rokpak, versnelt haar pas en gaat naar binnen.

Ze voelt zich klein en een beetje geïntimideerd door mannen die boven haar twee meter tachtig uittorenen als ze in de lift stapt en het bedrijf van haar nieuwe werkgever binnengaat.

Ze kijkt om zich heen en ziet hem bij de receptie praten met een bomvolle blonde vrouw en flirterig giechelen, zijn glimlach verlicht zijn gezicht als hij zich naar haar toe draait.

Ze bloost zonder te weten waarom en komt op hem af met haar hakken op de tegelvloer.

Zijn arm omhult haar schouders beschermend terwijl hij haar voorstelt aan het meisje aan het bureau.

"Anne, dit is mijn kleine Susy!"

Ze bloost, gaat dan rechtop staan en steekt haar hand uit.

"Hallo, eigenlijk is mijn naam Susan, leuk je te ontmoeten."

Hij leidt haar met zijn constante hand op haar schouder naar verschillende afdelingen en andere leidinggevenden.

Hij stelt haar voor als Susan, waarvoor ze dankbaar is, en die haar best wil doen in deze wereld van grote rivaliteit.

Ze blijft de hele ochtend dicht bij hem en probeert een grote verscheidenheid aan namen te onthouden voordat hij haar uiteindelijk naar zijn kantoorsuite leidt.

Hij laat haar het bureau in de wachtkamer zien, dat het grootste deel van de tijd dat ze hier is, van hem zal zijn.

Ze bergt haar tas op en strijkt zachtjes met haar vingers over de goedgekozen meubels.

Ze wordt naar zijn kantoor geleid, waar hij wijst naar de weelderige donkere meubels, allemaal leer en mahonie.

"En hier werk ik."

Hij verlaat haar voor het eerst en gaat aan zijn bureau zitten.

Ze voelt zich vreemd eenzaam als ze voor hem in dit grote kantoor staat.

Hij neemt enkele sleutels en gaat verder met spreken:

"Aan de linkerkant, achter de recreatieruimte, vind je een deur naar een kleine keuken. Hier worden klanten vaak vermaakt. De barkoelkast moet altijd gevuld zijn met wat er op de lijst staat, en er is ook een menukaart Je moet alle gerechten leren koken, voor het geval de kok niet beschikbaar is. Ik zal het in je trainingsprogramma opnemen. '

Hij was snel achter haar gaan staan, haar naar de deur geduwd en opende.

Met grote ogen en vol ontzag voor de grootte van het bedrijf en de kantoren die het bezat, kan ze alleen maar dwaas knikken.

"Dat zal zo zijn."

'Ja meneer,' zegt hij met een glimlach, maar de strengheid van zijn stem doet haar schudden.

"Ja meneer ". Ze reageert automatisch.

Hij neemt haar bij de arm, verlaat de keuken en leidt haar naar een andere slaapkamer met de deur aan dezelfde muur.

'En dit is mijn privébadkamer, je mag hem gebruiken, maar alleen met mijn toestemming, begrijp je Susy?'

Ze knikt weer zonder woorden naar de weelde van deze badkamer, herstellend wanneer ze hem voelt verstijven, kabbelen:

"Ja meneer".

Hij glimlacht om haar gehoorzaamheid.

'Je gebruikt het personeelstoilet in de gang als je dat nodig hebt en ik ben er niet.'

Ze is deze keer sneller.

"Ja meneer".

Aan de andere kant van de kamer twee gelijkaardige slaapkamers met deuren die hij je laat zien.

'Dit is een besloten vergaderruimte', kijkt ze snel terwijl hij haar wegjaagt, '... en hier rust ik uit als ik de nacht in de stad moet doorbrengen.'

De kamer was donker en een groot hemelbed en vreemde banken doemden op in de grote kamer.

Hij had amper tijd om het te voelen of hij sloot de deur voor zich.

Hij neemt haar mee terug naar zijn bureau, zet de computer aan en toont haar persoonlijke berichtenservice van zijn kantoor naar zijn computer die altijd aan en open moet staan.

Tevreden met de juiste "Ja meneer" op de juiste momenten en zijn natuurlijke neiging om behulpzaam te zijn, laat hij haar achter op het bureau om zich vertrouwd te maken met zijn nieuwe omgeving.

Hij test haar aandacht door haar kleine instant messages te sturen en lacht om haar onmiddellijke reacties terwijl ze de opdrachten leest en verschillende keren waarover ze klaagde aan haar bureau.

DE ECHTE BEZETTING

Hij was geduldig en vriendelijk toen ze kennis maakte met haar nieuwe baan binnen zijn bedrijf.

Hij sprak vaak met haar via het instant messaging-scherm op momenten dat ze niet in vergaderingen was, of buiten het bedrijf, en vroeg haar naar haar familie, vrienden, hoe het met haar vriend ging, waardoor ze zich als haar voelde Je ziet je liefde en oprechte interesse in haar leven.

Tijdens de drukke eerste weken van zijn opleiding nam hij de tijd om met haar te overleggen en zo nodig haar schema aan te passen, waarbij hij haar mentor, haar vriend en soms een strenge vaderfiguur werd.

Hij maakte grapjes met haar, speelde spelletjes en praatte vriendelijk.

De gesprekken werden geleidelijk aan intiemer naarmate de tijd verstreek.

Ze speelden de waarheid of durfden vaak op de computer, en in het spel werden hun vragen persoonlijker en directer.

Toen zweeg hij terwijl hij zijn laatste antwoord las.

Hij had verwacht dat zoiets zou gebeuren, maar had nooit echt verwacht dat het zou gebeuren.

Hier speelde hij de waarheid en hier was de kans om weer met haar te durven.

Ze koos altijd de waarheid ... en ze bekende gewoon dat ze een pak slaag van haar vriend had gekregen en dat ze het leuk vond.

Daarmee zou hij zijn droom gaan waarmaken.

Ze wist dat ze dit waarschijnlijk nooit meer met hem zou spelen, en trok zich bijna terug, omdat ze dacht dat ze ermee wilde stoppen, of erger nog, het iemand in het gezelschap en dan haar familie zou vertellen.

Hij moest echter verder.

Zijn lang gekoesterde verlangen dreef hem en hij begon te schrijven.

Ze had er niet voor gekozen om te durven, maar hij bleef schrijven ...

* * *

'Ik daag je uit om me je te laten slaan, Susy.'

Ze staarde, kon niet geloven wat ze las.

Ze was een hechte band met hem geworden, aanbad hem en de manier waarop hij voor haar zorgde en gaf haar het gevoel dat ze zo speciaal was, bijna alsof ze haar vader was.

Misschien maakte hij weer een grapje met haar, omdat hij niet geloofde wat ze hem de vorige avond over hun date had verteld.

Haar gedachten suisden bij de gedachte hoe ze zich had gevoeld om door haar vriendje geslagen te worden en ze kronkelde in haar stoel toen ze besefte dat ze moest reageren.

Hij staarde naar het scherm, het berichtvenster voorlopig leeg, wachtend op zijn antwoord.

* * *

Hij begon in paniek te raken, maar toen zag hij dat ze aan het schrijven was.

Zijn hart klopte snel, en hij raakte in paniek voordat hij eindelijk zag wat ze aan het schrijven was.

"Ja meneer."

Ze typte snel en dwong haar en haar geluk om te handelen:

'Kom dan naar mijn kantoor en sluit de deur. Als je mijn kantoor binnenkomt, zul je al mijn bevelen gehoorzamen, je zult zonder te spreken op mijn schoot liggen en je zult je onderwerpen aan mijn pak slaag.'

* * *

Ze knipperde met haar ogen bij zijn antwoord.

Deze game werd serieus, maar het was maar een game, toch?

Testte hij haar?

Zal ik teruggaan?

Ze waren allebei nerveus en gespannen om hun eigen redenen, vastgelijmd aan het computerscherm.

Ze wilde niet de eerste zijn die terugdeinsde en hem haar liet plagen.

Zij schreef:

"Ja meneer".

* * *

'Kom dan naar mijn kantoor, Susy, en doe de deur dicht.'

Er kwam geen antwoord, maar ze rende haar kantoor binnen en sloot de deur als een bang konijn, ongelovig over wat ze zojuist had geaccepteerd, denkend dat hij nog steeds met haar speelde.

Hij zat schijnbaar onbewogen terwijl zijn lichaam naar haar verlangde, en zag haar angst, verwarring en de hitte in zijn ogen die haar op de been hielden.

"Mijn schoot wacht"

Ze deed een stap naar voren en hij stak zijn hand op, stopte halverwege.

'Je stemde ermee in me te gehoorzamen als ik deze kamer binnenkwam, nietwaar?'

Zichtbaar bevend fluisterde ze:

"Ja meneer".

Hij wees naar de grond, hij werd aangemoedigd, en hij gromde,

"Kruip naar me toe."

Hij zag de emoties op haar gezicht spelen: onwil, angst, angst, opwinding en uiteindelijk onderwerping.

Hij liet de adem ontsnappen die hij vasthield terwijl hij zag hoe het begin van zijn droom uitkwam, haar kleine lichaam viel op haar knieën en vervolgens in zijn handen terwijl ze naar hem toe begon te kruipen.

Hij voelde zijn pik trillen toen hij haar zag.

Het was eindelijk zijn laatste, al was het maar voor vanmiddag.

* * *

Ze kon niet geloven dat ze dit deed, deze man die ze haar hele leven kende, stond op het punt haar echt te slaan.

Het spel was te ver gegaan, maar waarom stopte hij het niet?

Ze realiseert zich dat ze hem wilde!

Oh God, wilde ze hem?

Was er iets mis met haar?

Waarom voelde het zo?

Haar ogen keken naar haar sterke lichaam in haar grote stoel toen ze haar voeten bereikte en gleed als een slang bewoog ze zich op zijn schoot.

Hij wist dat het verkeerd was, maar hij kon er niets aan doen.

Zonder woorden, zonder discussie, zonder haar te strelen omdat ze een braaf meisje was, sloeg zijn hand hard in haar kont en ze gilde.

* * *

Hij keek naar de mooie engel die naar hem toe kroop, zijn geest ging naar de donkerste plekken en moest zich terugtrekken, zo jong en beïnvloedbaar dat hij zijn waarde niet besefte.

Hij gebruikte al zijn wilskracht om onbewogen te blijven terwijl ze op zijn schoot glijdt, zeker dat hij deze hardheid in haar buik kan voelen als hij haar rok optilt, een roze string onthult, zijn hand opheft en haar met alle macht slaat. .

Al was het maar voor deze keer dat hij ervan genoot.

Zie haar gespannen spieren rimpelen onder de aanval en haar handafdrukken gloeien rood op haar witte huid.

Ze gilt en hapt:

"Ohhhhh thatooo painsleeeeee".

Ze gilt en draait haar benen schoppend terwijl hij haar weer een diepe zweep geeft.

* * *

Ze verliest het slaan uit het oog terwijl de pijn haar kleine lichaam vult en haar verwarmt.

Ze merkt de warmte op die begint in haar kleine poesje en de nattigheid op haar dijen als hij haar zwepen.

Verloren in zijn warmte en behoefte om te gillen, strijken kleine tranen over haar wangen.

* * *

Zijn hand wordt gevoelloos als hij haar hard zwaait terwijl hij geniet van de strakheid van haar harde spieren, haar geschreeuw en smeekbeden om te stoppen met hem te slaan terwijl hij haar kleine kontje felrood schildert.

Hij stopt als hij haar nat tussen zijn benen ziet, ongelooflijk, haar kleine lijfje schokkerig op zijn schoot.

* * *

Haar geest zat vast in de kracht van deze man terwijl ze naar adem snakt en gilt.

Terwijl hij haar hard en snel blijft slaan, neemt haar lichaam het over terwijl haar geest op hol slaat, ze voelt de hitte en opgekropte behoefte aan een overdreven onbekwame vriend en verdwaalt in het gevoel dat ze komt, hard wordt en haar orgasme. Het spuit op haar dijen met dit simpele pak slaag.

Ze voelt dat hij van binnen stopt en sterft.

Zijn schaamte vervult haar terwijl ze op zijn schoot trilt, hijgend en snikkend.

De warmte van haar blos vulde haar gezicht, zo beschaamd, hoe had ze dat kunnen doen?

* * *

Hij glimlacht als hij haar gezicht ziet blozen van verlegenheid, haar op zijn plaats houdt, wetende dat dit haar moment is.

"Voor de komende week zul je mijn slaaf worden. Dit zal je koninklijke bezigheid zijn. Je zult me gehoorzamen in alles wat ik je gebied. Je zult te allen tijde in zicht blijven en mijn toestemming vragen om te vertrekken als dat nodig is, al was het maar om ga naar de badkamer. Ik zal je bezitten en je zult me gehoorzamen. Aan het eind van een week zullen we hier weer over praten.'

* * *

Ze ligt op zijn schoot en voelt het orgasme van zijn pak slaag, ze luistert naar zijn woorden.

Het is een verklaring, geen vraag.

Hij realiseert zich dat hij hem geen opties heeft gegeven.

Ze houdt beschaamd haar hoofd schuin en schudt om wat ze net heeft gedaan.

En ze kreunt:

"Ja meneer"

.

HET VERHAAL ZAL VERDER GAAN IN HET VOLGENDE VOLUME: DE REGELS